COLLECTION DE M. CH. TILLOT

Objets d'art du Japon

ESTAMPES JAPONAISES
KAKÉMONOS
PARAVENT DE HANABOUSA ITCHÔ
NETZOUKÉS ET GARDES DE SABRE
OBJETS EN LAQUE ET EN IVOIRE
PORCELAINES, GRÉS, FAIENCES DE LA CHINE ET DU JAPON
CUIVRES, ARMES, FAIENCES
DE PERSE, DE DAMAS ET DE RHODES
PIÈCES D'AMEUBLEMENT, TAPIS
MINIATURES PERSANES ET INDO-PERSANES

DONT LA VENTE AURA LIEU

HOTEL DROUOT, SALLE N° 8
LES VENDREDI 26 ET SAMEDI 27 AVRIL 1901
à deux heures

EXPOSITION LE JEUDI 25 AVRIL
Même salle, de 2 heures à 5 heures 1/2

Mᵉ MAURICE DELESTRE
COMMISSAIRE-PRISEUR
5, rue Saint-Georges, 5.

M. ERNEST LEROUX
EXPERT
28, rue Bonaparte, 28.

1901

ERNEST LEROUX, ÉDITEUR
28, RUE BONAPARTE, 28.

LE PUY-EN-VELAY. — IMP. RÉGIS MARCHESSOU

COLLECTION DE M. CH. TILLOT

Objets d'art du Japon

ESTAMPES JAPONAISES
KAKÉMONOS
PARAVENT DE HANABOUSA ITCHÔ
NETZOUKÉS ET GARDES DE SABRE
OBJETS EN LAQUE ET EN IVOIRE
PORCELAINES, GRÈS, FAIENCES DE LA CHINE ET DU JAPON
CUIVRES, ARMES, FAIENCES
DE PERSE, DE DAMAS ET DE RHODES
PIÈCES D'AMEUBLEMENT, TAPIS
MINIATURES PERSANES ET INDO-PERSANES

DONT LA VENTE AURA LIEU

HOTEL DROUOT, SALLE N° 8
LES VENDREDI 26 ET SAMEDI 27 AVRIL 1901
à deux heures

EXPOSITION LE JEUDI 25 AVRIL
Même salle, de 2 heures à 5 heures 1/2

Mᵉ MAURICE DELESTRE	M. ERNEST LEROUX
COMMISSAIRE-PRISEUR	EXPERT
5, rue Saint-Georges, 5.	28, rue Bonaparte, 28.

1901

ORDRE DE LA VENTE

Vendredi, 26 avril : Les estampes japonaises.
Samedi, 27 avril : Les objets d'art, miniatures indo-persanes, etc.

CONDITIONS DE LA VENTE

La vente sera faite au comptant.

Les acquéreurs paieront *dix pour cent* en sus des prix d'adjudication.

L'exposition mettant le public à même de se rendre compte de la valeur des objets, il ne sera admis aucune réclamation, l'adjudication prononcée.

M. ERNEST LEROUX remplira les commissions des personnes qui ne pourraient assister à la vente.

COLLECTION DE M. CH. TILLOT

PREMIÈRE PARTIE

ESTAMPES JAPONAISES

TORII KIYOMASSOU

(COMMENCEMENT DU XVIIIe SIÈCLE.)

1. Scène de drame à deux personnages. Superbe pièce, du dessin le plus net et le plus vigoureux, aquarellée.

2. Scène de théâtre à deux personnages. Très belle pièce du XVIIIe siècle, à tons jaune et rose.

TORII KIYOMITSOU

3. Acteur de drame. Pièce à deux tons, fond gris.

TORII KIYOMINÉ

4. Acteur de Nô. Pièce de grand format, fond gris.

ISHIKAWA SHIGHÉNOBOU

5. Un danseur, costumé en femme, exécute la danse du cheval. Jolie pièce à tons rose et vert, fond gris.

6. Acteur de drame, armé de deux longs sabres, et menaçant un ennemi de son pistolet. Grand format, fond gris.

SOUZOUKI HAROUNOBOU

(XVIIIe SIÈCLE.)

7. Deux jeunes femmes sous un arbre en fleurs. L'une écrit des devises que l'autre va attacher aux branches. Grand format carré, tons vert et rose.

8. La veilleuse. Au moment de se mettre au lit, une dame prépare sa lampe de nuit. Beau tirage à gaufrures.

9. Les deux princesses, porteuses d'eau salée. Élégante composition, pièce rare.

10. Mère apportant à son bambin une petite canne à pêche. Format carré.

11. La coiffure. Une jeune femme, au torse nu, se coiffe, tandis que derrière elle une vieille, portant un enfant sur les bras, la regarde en souriant. Riche intérieur et terrasse avec vue sur un parc. Estampe d'un bon coloris. Grand format carré.

12. Lavandière et son petit garçon, jambes nues dans le ruisseau. Grand format carré, gaufrures.

13. Deux femmes dans un jardin, près d'un puits. L'une frappe sur un petit tambour. Gracieuse scène dans un fond de verdure, éclairée par la lune. Excellente pièce.

14. Les toilettes d'hiver. Une courtisane et ses deux kamouros marchent dans la rue, vêtues de robes blanches à retroussis roses. Grand format carré.

15. Jeune mère jouant avec son enfant à qui elle présente un masque de diable.

16. Femme assise devant un *tsouitate* sur lequel est peint le Foudji Grand format carré, fond gris.

17. La lettre. Une jeune fille, les bras et les seins nus, accrou-

pie devant son miroir, semble avoir interrompu sa toilette pour écrire une lettre que lui dicte un amoureux, debout derrière elle.

18. Promenade sous la neige. Une femme et un domestique. Pièce à fond gris.

19. La boule de neige. Deux enfants et une femme dans un jardin couvert de neige.

20. Jeune fille marchant pieds nus sur le bord d'un torrent.

21. Jeune homme en costume de komosso. Très jolie pièce, format kakémono.

21 *bis*. Femme et dragon. Pièce de format kakémono, en tons doux.

22. A la table de travail. Une femme, une jeune fille et un petit garçon. Jolie composition dans une agréable tonalité, rose et verte.

KORIOUSAI

(FIN DU XVIIIe SIÈCLE.)

23. Courtisane en promenade, avec un serviteur et deux petites kamouros. Grisaille.

24. Jeune couple en promenade. Belle pièce en format kakémono.

25. Couple d'amoureux dans un jardin. Pièce à deux tons, rose et vert. Format carré.

25 *bis*. Grandes cigognes dans un paysage, avec un soleil rouge.

TORII KIYONAGA

(SECONDE MOITIÉ DU XVIIIe SIÈCLE.)

Pièces de grand format.

26. Une dame et une joueuse de shamisen dans un jardin. Élégante composition.

27. Une dame, assise sur un banc couvert d'un riche tapis, fume sa pipette. Auprès d'elle se tient debout une autre dame, tandis qu'une servante accroupie présente la boîte à tabac. Dans le fond, la silhouette du Foudji. Beau tirage.

28. Les nouvelles toilettes. Une courtisane et ses kamouros en riches costumes. Estampe à tons délicats sur fond gris, avec un store bleu, où sont réservés en blanc de gros caractères chinois. Excellent tirage à gaufrures.

29. Quatre femmes près du pilier d'un torii. Grande composition à tons éteints.

30. Promenade de courtisanes. Cinq personnages. Jolie pièce à tons légers sur fond gris.

31. La coiffure. Scène à trois personnages. Fond gris.

32. Au Yoshiwara. Groupe d'hommes et de femmes faisant de la musique et buvant du saké.

33. La musique au Yoshiwara. Scène à plusieurs personnages, avec vue sur les pièces voisines.

34. Deux femmes montant en barque. Format carré.

35. Une courtisane en grand costume rencontre dans la rue une fille qu'elle toise dédaigneusement. Format carré.

IPPITSOUSAI BOUNTCHO

(FIN DU XVIIIe SIÈCLE.)

36. Une femme, debout sur la terrasse d'un kiosque, renoue sa ceinture. Jolie pièce oblongue à tons légers.

KATSOUKAWA SHOUNCHO ET SON ATELIER

(FIN DU XVIIIe SIÈCLE.)

37. Femme de O-hara portant sur la tête un panier de plantes. Gracieuse composition en très beau tirage sur fond gris.

38. Une dame apportant les ustensiles de thé. Belle estampe sur fond gris.

39. Scène de roman. Deux dames et un jeune prince dans un jardin, par Shouncho. — Sur la même planche sont collés deux portraits de femmes sur éventails.

40. Trois acteurs, en costume de ville, par Shouncho.

41. Acteur en costume de femme. Excellente pièce oblongue.

42. Un acteur et deux femmes. Belle pièce sur fond gris, par Shounyei.

43. Un lutteur et son fils, en costume de ville, par Shounyei. Pièce de grand format.

44. Acteur en femme, auprès d'une palissade, par Shounko.

45. Acteur de drame, armé de deux longs sabres. Œuvre énergique et très expressive de Shounko.

46. Quatre danseurs agitant de longs bâtons sur lesquels sont plantés des bouquets de momidzi.

YEISHI

ÉLÈVE DE SHOUNCHO ET DE KIYONAGA.

47. L'inspiration. Une femme assise à terre, près d'une pile de livres, tient un pinceau de la main droite. Le regard vague, l'attitude méditative indiquent le travail de la pensée. L'expression en est parfaitement rendue. Grand format.

48. Quatre femmes en promenade dans un parc. — Quatre femmes sur une terrasse au bord de la mer. Deux estampes d'un beau coloris,

49. Courtisanes en promenade. Pièce d'un bon dessin, tirée en grisaille.

YEISHO

(COMMENCEMENT DU XIXe SIÈCLE.)

50. Trois femmes et une petite fille dans un riche intérieur. Belle estampe de grand format.

YEISHIN

51. L'homme au faucon. Portrait en buste. Un jeune seigneur tient sur son cou un faucon. Robe à fleurs noires et à dessous vert et noir. Très belle estampe. La tête est au trait avec une seule note rose sur les lèvres. Le faucon est gris avec une pointe jaune au bec et à l'œil. Le fond de l'estampe est gris. Il n'y a de coloration que dans le vêtement.

52. La femme au faucon. Portrait en buste. Elle tient un faucon sur son épaule. Excellente pièce, sur fond gris, du même style que la précédente.

YEIZAN

52 *bis*. Courtisane en promenade, avec un porteur de parasol et une kamouro. Grande pièce à fond gris.

DIVERS

53. Scènes dans un jardin. Deux pièces en grisaille.

54. Dispute d'amoureux. — Lecture d'un makimono. — En promenade. — Un petit garçon se cachant la figure derrière un masque de diable. Quatre pièces en tirage ancien.

55. Un aigle, perché sur un tronc d'arbre, guette un petit oiseau qui s'envole à tire d'ailes.

55 *bis*. Vol d'un oiseau sur le disque argenté de la lune, nuages traités en manière d'aquarelle.

SHARAKOU

Le fameux peintre de portraits.

56. Portrait d'acteur, vêtement jaune et bleu. Magnifique épreuve sur fond micacé.

OUTAMARO

(1754-1797)

Le peintre de la femme japonaise, l'un des maîtres les plus séduisants et les plus aimés du Nippon.

57. Causerie de deux femmes, dont l'une tient à la main un miroir laqué. Pièce à fond jaune en superbe tirage.

58. Mélancolie. Jeune femme accroupie dans une attitude d'abattement, sa pipette à la main, une lettre déroulée devant elle. Pièce d'une grande sincérité d'expression, en excellent tirage.

59. La coiffure. Jolie composition en très beau tirage.

60. La pipe. Une courtisane en riche costume est accoudée sur une table en laque. D'un geste charmant elle tient sa petite pipe de la main droite, tout en causant avec quelque interlocuteur invisible. Excellent tirage.

61. La Soumida. Admirable triptyque qu'on peut citer parmi les plus belles œuvres d'Outamaro. Des femmes et des enfants se promènent au bord de la rivière sombre, en face du grand pont où se presse une foule désireuse d'assister à la fête de nuit. Le fond n'est éclairé que par les points rouges des lanternes et par l'embrasement d'une pièce d'artifice, tandis qu'au premier plan la rive d'un noir de laque fait ressortir en vigueur la silhouette des personnages et les colorations des vêtements. Ces trois planches sont du plus beau tirage.

62. Le rêve. Une mère soulève la couverture de la couchette où s'agite son enfant, la figure convulsée, en proie à un cauchemar.

63. Les nouvelles toilettes. Une courtisane dans un de ces somptueux costumes qui sont l'orgueil du Yoshiwara. Derrière elle est accrochée une robe mauve, à décor de grands chrysanthèmes.

64. Deux femmes dont l'une examine une étoffe. Grande estampe à fond jaune.

65. Bouderie d'amoureux. Curieuse pièce à fond gris. La femme est vêtue d'une robe bleue serrée par une large ceinture rouge.

66. La fumeuse. Courtisane, à la coiffure bizarre et compliquée; elle est vêtue d'une robe noire où sont peintes de grandes cigognes héraldiques. Belle pièce sur fond gris.

67. Guésha jouant du shamisen. Grande figure élégante sur fond gris.

68. L'allaitement. Jeune femme donnant à téter à son enfant. Une de ces charmantes compositions maternelles où notre artiste se montre si parfait.

69. L'allaitement. Une femme, dans une contemplation extatique, présente son sein à un enfant qui tette gloutonnement. Pièce d'un magnifique dessin, très sobre de lignes et de coloris. La chevelure est traitée en vigueur et se détache d'un noir puissant sur le fond gris de l'estampe. (Encadré sous verre.)

70. Petit garçon se tordant les mains, en voyant, dans une glace, sa mère lui tirer la langue. Grand format, fond gris.

71. Les premiers pas. Deux femmes et un enfant.

72. Morceau de shamisen interrompu. Scène à trois personnages.

73. L'équilibriste. Grisaille.

74. Colin-maillard. — Promenade en norimono. Deux pièces de grand format.

75. Les Musiciennes. Série complète en cinq planches à tons passés. Cinq femmes accroupies sur une natte pourpre et jouant de divers instruments. Au dessus, une bande rose semée de fleurs blanches de cerisiers.

76. La préparation du mûrier pour les vers à soie. Planche en bon tirage.

77. Une femme, accroupie devant son miroir posé sur un chevalet laqué, arrange sa chevelure dans un mouvement souple de ses deux bras nus. L'enfant tette, suspendu à son sein et presse gentiment de la main gauche le bout de l'autre sein, tout en souriant à une femme qui, penchée derrière sa mère, l'amuse avec un jouet. Belle épreuve à tons délavés de cette planche rare.

78. Femme assise sur une carpe et lisant un long makimono. Très belle épreuve, mais un peu rognée.

79. Joueuse de shamisen. Estampe d'un dessin élégant.

80. Scène d'allaitement.

81. Sujets maternels. Deux pièces.

82. Portrait en buste d'une courtisane. Jolie pièce sur fond gris.

83. La fumeuse. Au-dessus de sa tête un batelet servant de corbeille à fleurs. Estampe d'un excellent dessin sur fond gris.

84. Pièce de la Série des Ronins. Très bon tirage.

85. Deux femmes, sur la terrasse de leur jardin, préparant un arrangement d'iris dans un vase.

86. Solitude. Une femme, dans une attitude de profond découragement, arrange, d'un geste machinal, le feu de son brasero.

87. Femme lisant. Étoffe rose à pois blancs.

88. Mère faisant faire pipi à son enfant.

89. Partie de plaisir à la campagne. Deux pièces.

90. Deux femmes et un enfant au bord de la mer, un jour de vent.

91. Deux guéshas. Grande pièce à fond jaune.

91 *bis*. Arrangement de chrysanthèmes dans un vase. Scène à trois personnages. Belle pièce à fond jaune.

92. La sortie du norimono. Trois femmes au bord de la mer. Pièce d'un tirage excellent.

93. Deux femmes et un batelier dans une grande barque, près des piles d'un pont. — Un homme et une femme avec la ceinture, la flûte et le chapeau des komossos.

94. Une courtisane, en promenade avec sa kamouro, s'arrête pour examiner une fleur qu'on vient de lui jeter.

95. Musique dans un jardin. Charmante composition en beau tirage.

L'instrument dont joue le jeune seigneur est le *mokkin*. C'est un instrument d'origine chinoise, sorte d'harmonica ou xylophone, dont les planches sonores sont en bois, la caisse affectant la forme d'un bateau.

95 *bis*. Femme et enfant. Pièce en format kakémono. Très bel état.

96. Une femme en peignoir bleu. Coiffure singulière.

97. Trois grandes compositions à plusieurs personnages, sujets divers.

98. Deux guéshas passant dans une rue.

99. Deux femmes sur la terrasse de leur jardin, et une troisième, vue en transparence derrière le store en natte, robes à décors compliqués, éventails et fleurs.

100. Le rêve. Un personnage hirsute, armé d'un long sabre, s'est endormi accoudé sur une table. Il voit en rêve un samouraï agenouillé devant son seigneur. Sa femme, à côté de lui, allaite un petit enfant.

100 *bis*. Une vingtaine de pièces d'Outamaro non cataloguées.

OUTAGAWA TOYOHAROU

(FIN DU XVIIIe SIÈCLE.)

101. Théâtre en plein air. Curieuse et rare composition où l'artiste nous fait assister à une représentation théâtrale sur une scène construite en planches, bordée de chaque côté de loges pleines de spectateurs. Le milieu est occupé par le parterre où la foule est habilement distribuée en groupes amusants, bien pris sur le vif.

Toyoharou est le peintre japonais qui sait le mieux grouper de nombreuses figures, les faire vivre, composer une scène et nous y intéresser par mille détails d'observation. Malgré la grande quantité de personnages, ses compositions sont toujours d'une clarté et d'une unité irréprochables.

OUTAGAWA TOYOKOUNI

(1769-1825)

102. Deux laveuses. Pièce de grand format.

103. Le rêve. Jeune femme endormie.

104. Présentation au Yoshiwara. Une femme murmure à l'oreille de sa compagne quelques mots d'encouragement.

105. Apparition d'un dragon à une femme qui tient un livre à la main.

106. Trois pièces. Femmes près d'un puits. — Collation de poisson au bord de la mer. — Un homme, sa longue pipe à la main, est accroupi auprès d'une femme debout.

107. Deux pièces. Un jeune prince, sa femme et son page. — Peinture et musique. Scène caricaturale à deux personnages.

107 *bis*. Douze pièces non cataloguées, de Toyokouni, Shouncho, etc.

KOUNIYOSHI

(1796-1861)

108. Le bonze Nitiren calmant, par ses prières, les flots de la mer en furie. Puissante composition en très beau tirage.

109. Fête de nuit, bateau de plaisance, nageurs. — Tigre reculant devant un petit garçon. Deux pièces en bon tirage.

110. Le soir, au bord de la rivière, une femme de mauvaise vie et un homme portant une lanterne s'éloignent de trois chiens qui se montrent les dents.

HIROSHIGHÉ

LE FAMEUX PAYSAGISTE (1797-1858).

Magnifique suite de paysages en grand format oblong. Épreuves de premier choix, en admirable tirage, sur lesquelles nous appelons toute l'attention des collectionneurs.

111. Anses dans des rochers. La coloration des montagnes et de la mer est d'une habileté surprenante.

112. Maisons de thé bâties sur pilotis au-dessus d'un étang couvert de nénuphars.

113. Le passeur.

114. Un pont, sous le grand soleil.

115. Des gens faisant du feu au pied d'un arbre.

116. Un sentier montueux, bordé de maisons, auprès de la mer.

117. Même estampe, tirée dans une tonalité toute différente.

118. Gens du peuple, accablés par la chaleur, dans une barque nonchalamment poussée par deux bateliers.

119. Un kiosque à thé dans les montagnes.

120. Défilé de porteurs sur un grand pont circulaire à pilotis, près de Nagoya.

121. Des ouvriers sur des échafaudages au château de Nagoya. Beau paysage, avec la rivière au premier plan et des collines au fond.

122. Défilé de troupes sous la pluie.

123. Un faubourg de Yédo par un temps de pluie.

124. Fête de nuit et feu d'artifice sur la Soumida.

125. Une baie, vue entre deux collines, avec des pins parasols au premier plan.

126. Chevauchée sur une chaussée bordée de cryptomérias, au milieu des rizières.

127. Un campement le soir. Les sentinelles.

128. Bataille de femmes et d'hommes dans une rue d'Yédo.

129. Un grand bateau chargé de monde.

130. Défilé de troupes dans un chemin creux, au bord de la mer.

131. Barques à l'ancre dans une baie.

132. Un gué, vue panoramique, animée par un grand nombre de personnages.

133. Un village sous la neige. Belle estampe de format oblong.

134. Pont de pilotis sur la rivière. Pièce en excellent tirage, rendant admirablement l'effet de nuit, le reflet de la lune sur l'eau bleue et la brume qui estompe les lointains.

135. Vol d'oies sauvages sur le disque de la lune. — Petits oiseaux voletant dans les bambous. Deux pièces oblongues.

136. Torrent et sentier dans une anfractuosité de la montagne.

137. Vue panoramique prise d'une colline du premier plan. Dans le fond, le Foudji.

138. Un oiseau voletant au-dessus d'une branche de pivoines.

139. Oiseaux et fleurs. Suite de dix planches en petit format, pièces charmantes de dessin, de coloris et de tirage.

140. Chimères sur un rocher. Estampe d'une vigoureuse tonalité.

141. Oiseau de proie sur une branche d'arbre en fleurs, soleil rouge, format kakémono.

142. Vingt pièces d'Hiroshighé, non cataloguées.

HOKUSAI

(1760-1849)

Le plus illustre, le plus fécond et le plus puissant des artistes de l'école *oukiyo-é*.

143. Courtisane en promenade. Curieuse estampe à fond gris, avec une large bande bleue où l'on voit, gravée en blanc, une poésie. Signé Taïto Katsoushika.

Le dessin, traité en pochade, est énergique. La robe, avec toute son ornementation est enlevée à l'encre de Chine en quelques coups de pinceau. Tout cela est plein de vie et de mouvement.

144. Une carpe jouant dans le courant d'une cascade. Admirable estampe de grand format, avec une large bande noire sur laquelle se détache en blanc, une poésie. Signé Taïto Katsoushika.

Cette superbe pièce est considérée à juste titre comme l'un des chefs-d'œuvre du grand artiste. Elle est d'une extrême rareté en un aussi beau tirage et, de même que la pièce décrite au numéro précédent, elle ne se trouve presque jamais complète, avec la bande de poésie.

145. Deux pièces, au bord de la Soumida. Deux dames se promènent sur une route où passent de nombreux porteurs. Estampe en couleur de grand format. — Scène à plusieurs personnages près d'un petit pont.

146. Les pêcheuses d'awabis. Admirable épreuve de cette superbe composition qui rappelle le fameux triptyque d'Outamaro. Des femmes plongent dans la mer, d'autres, demi-nues, avec le pagne rouge serré autour des reins, sont debout sur un rocher creux au-dessous duquel passe une longue barque. Estampe de premier ordre en condition exceptionnelle.

147. Cinq pièces de la Série des Ponts, en beau tirage.

1. *Tsouribashi* (pont suspendu) sur la frontière des provinces de Hida et de Yettchû, pont de cordages avec un filet dessous, un vrai pont d'acrobates.

2. *Kintaïbashi* dans la province de Souwô, pont à piles de pierres et tablier de bois.

3. La fête des lanternes sur le pont d'Osaka (*Temmabashi*).

4. Le pont du nuage, reliant deux pics de la montagne Guiôdôsou à Ashikaga.

5. Porteurs et cheval rouge sur un pont courbe.

148. Belle pièce de la série des Cent Poésies. Un bord de rivière l'été, avec des pêcheurs, des laveuses, des porteurs. Poésie de l'impératrice Jitô.

149. Le Foudji à Oushibori, province de Hitati. Au premier plan, aménagement d'un grand bateau dont on ne voit que l'avant. Excellente épreuve de la série des Trente-six vues du Fougakou.

150. Deux îlots rocheux, fortifiés, et reliés à la terre par une digue en zigzag. Belle estampe de grand format oblong.

HOKOUJIOU

151. Grève et rochers d'Enoshima. Estampe oblongue, d'un coloris qui rappelle celui de nos anciennes vues d'optique. Bonne épreuve.

SOGAKOU

152. Fleurs et oiseaux. Quarante-huit pièces en très beau tirage de cet artiste trop peu connu, dont le sentiment décoratif se révèle en cette superbe suite de planches.

SOURIMONOS

153. La lune, beau sourimono de grand format, à deux scènes superposées, qu'on trouve rarement réunies. Dans le haut, le disque argenté de la lune sur lequel est représenté un château dont les marches descendent jusqu'au bas de l'estampe. On y voit deux personnages, une femme

tenant une coupe et un homme le doigt levé, parmi des nuages d'or. Œuvre célèbre de Hokkei, le meilleur élève d'Hokusai.

154. Un faucon sur un perchoir. — Une dame en riche costume. Deux sourimonos de Hokkei.

155. Dame de la cour sur une terrasse. — Deux femmes et un porteur de lanterne. Deux sourimonos par Hokkei.

156. Deux jeunes femmes sous un parapluie. Joli sourimono de Gakoutei.

157. Deux sourimonos de Gakoutei.

158. Une baie sous une ondée par Gakoutei. Curieuse pièce d'une facture très rare dans l'œuvre de cet artiste.

159. Neuf bons sourimonos, par divers artistes.

PEINTURES DE L'ÉCOLE DE TOSA

160. VINGT-CINQ PEINTURES destinées à l'illustration du fameux roman *Genzi monogatari.*

Bon spécimen des œuvres sorties de l'atelier impérial de Tosa (XVIIIe siècle). Ce numéro sera divisé.

KAKÉMONOS

161. Tigre fantastique au milieu des flammes. Belle peinture ancienne, encadrée sous verre.

162. Des cigognes. Beau kakémono du XVIIe siècle.

163. Cinq Kakémonos anciens, signés. Belles pièces.

GRAND PARAVENT PEINT PAR HANABOUSA ITCHO

(XVIIIe SIÈCLE.)

164. PARAVENT A 6 FEUILLES de 1 m. 80 de hauteur ; cadre laqué noir. Sur les six feuilles se déroule une très originale composition à l'encre de Chine, exécutée et signée par Hanabousa Itchô, un des maitres les plus personnels du Nippon. Il nous y représente des bateleurs et montreurs de singes qui exécutent leurs tours devant la foule. C'est un tableau populaire pris sur le vif.

Nous ne connaissons pas d'œuvre plus importante du grand artiste du XVIIIe siècle, que M. Anderson n'hésite pas à placer au même rang qu'Ishigawa Moronobou. Il faut lire la fort intéressante notice qu'il lui consacre et à laquelle nous renvoyons les curieux (Anderson, *Catalogue*, pp. 335 et 336).

DEUXIÈME PARTIE

Objets d'art et pièces de collection

NETZOUKÉS

165. Masque, ivoire, signé.
166. Masque, bois.
167. Cheval couché, bois, signé.
168. Fruit, ivoire, signé.
169. Bonze endormi, ivoire.
170. Sanglier, bois, signé. Pièce fine.
171. Souris, bois, signé.
172. Bouton, figure de démon, ivoire et bois, signé.
173. Femme tenant un masque, bois.
174. Singe, ivoire, signé.
175. Rat se grattant, bois, signé.
176. Bouton, bronze et ivoire, signé.
177. Diable se cachant dans une boite.
178. Famille de lapins, ivoire.
179. Petit singe et gros fruit, ivoire, signé.
180. Écolier se préservant la tête.
181. Enfant frappant sur un tambour, bois, signé.

182. Singe mangeant un fruit, bois.

183. Divinité et enfant, ivoire, signé.

184. Rat accroupi, ivoire.

185. Bouton. Déesse au milieu des nuages, ivoire découpé à jour.

186. Rat introduisant sa tête dans un sac, bois, signé.

187. Groupe de petits chevaux, bois.

188. Femme assise sur un fagot, bois, signé. Pièce fine.

189. Enfant à genoux, bois laqué.

190. Colimaçon, bois.

191. Rat et champignon, ivoire.

192. Crapaud, bois noir.

193. Femme tenant un pinceau à la main.

194. Bonze portant un sac au bout d'un bâton, ivoire.

195. Grenouille et limaçon sur un champignon, ivoire.

196. Chien de Fô, ivoire, signé.

197. Bouton ciselé en creux, éléphant, ivoire et métal.

198. Tortue, bronze. Belle pièce, signée.

199. Sculpteur de masque, bois, signé.

200. Tigre, bois, signé.

201. Groupe de rats, bois, signé.

202. Lapins mangeant des fruits, ivoire, signé.

203. Chien jouant avec une sandale.

204. Bouton, personnage tenant une gourde.

205. Figure accroupie, bois.

GARDES DE SABRE

206. Feuilles et haricot, garde niellée d'or.

207. Deux personnages tenant un rouleau.

208. Groupe de cigognes. Jolie pièce, signée.

209. Rochers et branches de pins. Signée.

210. Personnage tenant une fleur.

211. Larges plantes niellées d'or.

212. Grande cigogne découpée à jour.

213. Ornements découpés à jour.

214. Dragon découpé à jour. Pièce signée.

215. Plantes et insecte. Signée.

216. Feuilles découpées à jour.

217. Salamandre découpée. Signée.

218. Pins et bambous découpés.

219. Écureuil et fruit. Pièce émaillée.

220. Chimère découpée, dorée.

221. Ornements découpés en forme de flèches.

222. Dragons dans les nuages.

223. Plantes gravées. Signée.

224. Personnage à longue barbe. Métal gravé.

225. Deux personnages sur le bord d'un torrent. Or sur shakoudo. Jolie pièce signée.

226. Feuilles de pins niellées d'or.

227. Personnage religieux.

228. Éventail découpé à jour, niellures d'or. Belle pièce.

229. Hotei, avec des enfants dans un sac. Signée.

230. Plantes et fougères niellées d'or.

231. Dragon en relief. Pièce soignée.

232. Écureuils et fruits.

233. Rosaces dorées découpées dans le fer.

234. Les Philosophes dans le bois de bambous.

235. Personnages occupés à jouer, sous des sapins. Signée.

236. Enroulement de rubans.

237. Cavalier au bord d'un torrent; incrustations d'or.

238. Chimères découpées et ciselées.

239. Vingt gardes anciennes, qui seront vendues par deux.

LAQUES

240. Boîte carrée, laque d'or. Arbres et oiseaux.

241. Très belle boîte oblongue en laque d'or, décor en relief. trois compartiments avec plateau intérieur et deux petites boîtes décorées. Pièce ancienne, d'un travail remarquable.

242. Deux panneaux en laque de Coromandel, 1 mètre sur 0 m. 75, figures et paysages. Belles pièces anciennes.

243. Deux panneaux plus petits en laque de Coromandel, fleurs.

244. Étui en bois noir, avec applique en or. Divinités et dragons. Beau travail de ciselure.

INROS

245. Belle pièce bois sculpté, tigres et dragons.

246. Cerf sur fond noir laqué.

247. Dessins rouges sur fond noir.

248. Dresseur de rats.

249. Petit inro oblong, bois noir sculpté, chimères. Pièce fine.

250. Fleurs et oiseaux avec incrustations de nacre. Jolie pièce.

251. Chimère, incrustée d'or. Pièce très soignée, avec netzouké or.

252. Vases et fleurs nacre et or sur fond merisier.

253. Lapins, nacre sur fond d'or. Dessin de Korin.

254. Éventail sur fond noir, boîte carrée.

IVOIRES

255. Deux grands cornets en ivoire sculpté, personnages religieux.

256. Boîte d'ivoire ronde. Travail ancien, riche décor à personnages laqués.

PORCELAINES, GRÉS, FAIENCES

257. Coupe de Koutani, décor à fleurs.

258. Petite bouteille de forme hexagonale, décors géométriques.

259. Tasse droite avec anse, décor à fleurs. Vieux Satzuma.

260. Vase en grès, décor vert et or.

261. Petit bol avec armoiries, grès de Bizen.

262. Petit cornet en vieux Satzuma, décor à fleur, pièce fine.

263. Divinité accroupie, grès émaillé.

264. Petite coupe à pans coupés, décor rouge et or.

265. Coupe à bords campanulés, vieux Satzuma.

266. Pigeon en grès de Koutani. Pièce en deux parties, d'une très belle coloration. Rare.

267. Tasse, décor à fleurs, vieux Satzuma.

268. Petit vase à couvercle, encadrement noir.

269. Grande potiche vieux Japon, décor à fleurs.

270. Grand plat, avec motif central hexagonal en couleur. Pièce d'un grand effet décoratif. Ancienne porcelaine du Japon.

271. Petite potiche hexagonale, décor rouge et or.

272. Bouteille en forme de gourde, Koutani.

273. Vase en grès vert. Décor en relief à reflets.

274. Musicienne, assise.

275. Vase rond. Belle porcelaine de Chine, blanc et bleu, médaillons en réserve.

276. Porteuse de champignons, vieux Satzuma.

277. Coupe en grès flammé de la Chine.

278. Coupe à pans arrondis, perdrix en relief. Vieux Satzuma.

279. Brûle-parfums à couvercle supporté par des enfants. Riches décor à personnages.

280. Pièce ancienne de Ninsei, d'une grande finesse.

281. Bol en grès, décor à personnages et fleurs, pièce fine.

282. Bol en grès, de Satzuma, décor à fleurs.

283. Deux poissons formant vase, en porcelaine blanche.

284. Bouteille allongée, ornements en relief.

FAIENCES, DE PERSE, DE DAMAS, DE RHODES, CUIVRES, ARMES, TAPIS, etc.

285. Sept plaques de faïence émaillée de Damas et de Rhodes (seront vendues séparément).

286. Beau plat ancien de Rhodes.

287. Cuve persane en cuivre gravé, avec inscriptions.

288. Yatagan persan, fourreau et lame damasquinés d'or.

289. Poignard persan, manche en ivoire.

290. Poignard turc, manche en ivoire, et incrustations de corail, fourreau en argent.

291. Petit poignard turc, fourreau et manche en argent doré.

292. Tapis long d'Asie-Mineure.

293. Tapis de prières à colonnes.

294. Tapis de Karamanie.

PIÈCES D'AMEUBLEMENT

295. Buffet à colonnes à deux corps, style Renaissance, panneaux marqueterie.

296. Deux grands vases Japon, avec candélabres, monture en bronze doré de Beurdeley.

297. Deux appliques en bronze doré, style Louis XV.

298. Deux chaises en tapisserie ancienne, Louis XIII.

299. Quatre chaises avec incrustations d'ivoire, fabrication italienne.

TROISIÈME PARTIE

MINIATURES PERSANES ET INDO-PERSANES

300. Deux princesses dans la cour d'un palais. Autour d'elles s'empressent une dizaine de serviteurs. Sur le mur on voit deux paons. Peinture d'une grande finesse.

301. Deux portraits de princes, dans des encadrements ovales. Pièces de l'exécution la plus soignée.

302. Portrait de prince en pied, œuvre remarquable, malheureusement endommagée, dans un riche encadrement. Au verso, deux cachets de princes.

303. Le pendu. A l'intérieur d'un kiosque, on voit un homme pendu et, sous ses pieds, un meuble renversé. Au dehors, la vie et toute sa joie. Dans le ciel volent des oiseaux. Un superbe paon étale son riche plumage et, par delà les murs, de grands arbres dressent leurs tiges verdoyantes. Belle miniature provenant de la collection du comte de Gobineau.

304. Bivouac de faquirs de l'ordre de Madar allant en pèlerinage. Pièce ancienne. Cette curieuse aquarelle nous donne les portraits de seize personnages dont les noms en persan figurent au bas de la pièce. Les figures sont expressives, les personnages sont bien groupés. C'est l'œuvre fort intéressante d'un artiste de talent.

305. Joseph devant la femme de Putiphar. Celle-ci est assise sous un dais et entourée d'une vingtaine de dames. Joseph, la tête auréolée d'une gloire et suivi d'un personnage en riche costume, lui adresse la parole. Miniature persane ancienne, d'une facture particulière.

Cette peinture de format oblong est très curieuse. L'artiste a essayé de rendre l'impression causée sur les dames de la cour par la beauté du jeune homme. Elles sont là immobiles et comme pétrifiées. L'éventail en plumes de paon cessse de s'agiter entre leurs mains, les couteaux laissent à moitié pelée l'orange entamée. Tous les regards sont fixés vers Joseph dont la beauté est restée célèbre parmi les Orientaux qui lui ont donné le titre de *Lune de Chanaan*. « Je comprends fort bien, s'écrie le poète Hafiz, comment l'excellente beauté de Joseph peut et doit transporter hors des bornes d'un amour ordinaire le cœur de Zuleikha.»

306. Une beauté de Téhéran. Portrait en buste. Jolie petite pièce en grisaille, encadrement violet.

307. Un rosier. Peinture en grisaille.

308. Deux vaches traversant un ruisseau. Pièce en grisaille, bel encadrement.

309. Les amazones. Deux jeunes princesses en riche costume, caracolant sur de superbes coursiers aux jambes teintes de henné.

310. Deux portraits exécutés en Perse d'après des modèles européens. Pièces curieuses. Au verso, de beaux spécimens de calligraphie persane dans de riches encadrements dorés.

311. Aquarelle indienne. Le dieu de la fortune porté sur les épaules d'un homme.

INSCRIPTIONS PERSANES

312. Lot de dix inscriptions persanes et spécimens de calligraphie dans de jolis encadrements.

313. Lot de dix inscriptions persanes. Pièces décoratives.

SUPPLÉMENT

ESTAMPES JAPONAISES

SUITE DE GRANDES COMPOSITIONS EN TIRAGE ANCIEN, MONTÉES SUR CARTON

314. 7 grandes pièces en format kakémono. Portraits en pied de courtisanes.

315. Cortège de la mariée, long défilé de personnages, au nombre de plus de 250.

316. Enfants nus, jouant au bord de la rivière. Beau triptyque ancien.

317. Vue panoramique de Yédo, un soir de fête, la ville illuminée, la foule sur le grand pont, les bourgeois dînant en plein air.

318. Corps d'armée franchissant la Soumida sur des radeaux. Triptyque de Kouniyoshi.

319. Une pêcheuse de coquillages se battant à coups de couteau contre des monstres marins, dragons, pieuvres, crabes, etc. Légende de Riugu Tamatorihimé. Triptyque de Kouniyoshi.

320. La vengeance des frères Soga. Scène finale, duel dans la nuit, sous une ondée. Beau tryptique de Kouniyoshi.

321. Campement de troupes japonaises. Curieux triptyque en beau tirage.

322. Yedo, vue panoramique. Triptyque.

323. Combat singulier entre Takéda Hambei et Ando Kiyemon en présence de Masashigé. Triptyque de Yoshikazu.

324. Taïra no Kiyomori arrêtant le soleil d'un geste de son éventail. Beau triptyque de Kouniyoshi.

325. Défilé de troupes dans les rues de la capitale. Triptyque par Yoshimuné.

326. Combat naval. Triptyque.

327. Scène de comédie. Bataille pour une pièce d'étoffe. Diptyque en beau tirage.

328. 6 pièces collées sur un carton au recto et au verso. Femmes dans la campagne couverte de neige, par Toyokouni. Plongeuses par Kounisada, etc.

329. Deux cigognes. Superbe pièce d'Hiroshighé, en grand format kakémono Fond bistré.

330. Toyokouni, Kounisada, Kouniyoshi. Apparitions, spectres, scènes de théâtre, courtisanes, guerriers, scènes de batailles, etc. 60 pièces.

331. 21 pièces anciennes. Scènes diverses, acteurs, courtisanes, paysages, le drame des Ronins, etc.

332. Caricatures, scènes burlesques, jeux d'enfants. 7 grandes pièces montées sur carton.

333. Hiroshighé. Paysages des environs de Yédo, vues du Foudji. 50 pièces.

334. Triptyques et diptyques. Scènes à la campagne, combats, acteurs de drame.

335. 115 pièces. Sujets plaisants, courtisanes, guerriers, acteurs, la vie à la cour et à la ville, les Européens au Japon, etc..

336. Documents d'art japonais. Numéros du *Japon artistique* sur japon. Reproductions en couleur d'estampes et de kakémonos, etc. Une centaine de pièces.

TABLE DU CATALOGUE

PREMIÈRE PARTIE

DEUXIÈME PARTIE

Objets d'art et pièces de collection.

TROISIÈME PARTIE

Le Puy-en-Velay. — Imprimerie R. Marchessou, boulevard Carnot, 23.

www.ingramcontent.com/pod-product-compliance
Ingram Content Group UK Ltd.
Pitfield, Milton Keynes, MK11 3LW, UK
UKHW032018260826
14628UKWH00006B/2573